Casse-toi la tête,
Élisabeth !

Une histoire écrite par
Sonia Sarfati
et illustrée par
Fil et Julie

Pour tous les enfants qui ne savent pas
ce qu'ils feront quand ils seront grands.
Ou qui croient ne pas le savoir…
Sonia

Catalogage avant publication de Bibliothèque et Archives nationales du Québec et Bibliothèque et Archives Canada

Sarfati, Sonia

      Casse-toi la tête, Élisabeth!

      (Cheval masqué)
      Pour enfants de 6 à 10 ans.

      ISBN 978-2-89579-153-9

      I. Fil, 1974- . II. Julie, 1975- . III. Titre.

PS8587.A376C37 2007   jC843'.54   C2007-941018-9
PS9587.A376C37 2007

Nous reconnaissons l'aide financière du gouvernement du Canada par l'entremise du Programme d'aide au développement de l'industrie de l'édition (PADIÉ) pour nos activités d'édition.

Conseil des Arts   Canada Council
du Canada   for the Arts

Bayard Canada Livres inc. remercie le Conseil des Arts du Canada du soutien accordé à son programme d'édition dans le cadre du Programme des subventions globales aux éditeurs.

Cet ouvrage a été publié avec le soutien de la SODEC.
Gouvernement du Québec – Programme de crédit d'impôt pour l'édition de livres – Gestion SODEC.

Dépôt légal – 3ᵉ trimestre 2007
Bibliothèque nationale du Québec
Bibliothèque nationale du Canada

Direction : Andrée-Anne Gratton
Graphisme : Janou-Ève LeGuerrier
Révision : Pierre Guénette

© **Bayard Canada Livres inc.**, 2007
4475, rue Frontenac
Montréal (Québec)
Canada H2H 2S2
Téléphone : 514 844-2111 ou 1 866 844-2111
Télécopieur : 514 278-3030
Courriel : edition@bayard-inc.com
Site Internet : www.chevalmasque.ca

Imprimé au Canada

Chapitre 1
UNE FAMILLE IMPORTANTE

Élisabeth a des parents très importants... Et dans le reste de sa famille, on est aussi très important.

Son papa écrit des discours longs et sérieux pour le premier ministre du pays.

Sa maman construit les palais des glaces dans les plus grands parcs d'attractions du monde.

Sa tante vit à Hollywood. Elle est chef cuisinier dans le restaurant préféré des acteurs de cinéma.

Son grand-père est le plus célèbre des bûcherons. Il sert de modèle aux illustrateurs qui doivent dessiner le père Noël, des chasseurs et... des bûcherons.

Un jour, Élisabeth aussi sera très importante. Sa famille y veille. Tout le temps. Beau temps, mauvais temps. Elle y veillait hier, elle y veillera demain. Et elle y veille surtout aujourd'hui.

Chapitre 2

TATIE RIT, PAPA SURSAUTE

Aujourd'hui, Élisabeth a commencé un nouveau casse-tête. C'est le huit cent treizième qu'elle fait cette année. Elle est très concentrée.

Mais soudain, elle relève la tête et se lèche les babines. Puis, elle abandonne son jeu et va dans la cuisine. Sa tante est en visite. Cela explique les bonnes odeurs dans la maison.

D'ailleurs, une assiette attend déjà Élisabeth. Elle contient un filet de bœuf coupé en 24 petits morceaux et des légumes croquants. Ça a l'air délicieux.

— Ça, c'est du travail bien fait ! dit la tatie.

— Oh oui ! répond Élisabeth.

— Et toi, qu'est-ce que tu feras quand tu seras grande ?

Élisabeth réfléchit un moment.

Puis, elle répond :

— Ben... ce que j'aime le plus faire ! Des casse-tête !

Tatie éclate de rire. Et, une cuillère de bois à la main, elle quitte la pièce pour aller apprendre la nouvelle à la famille : Élisabeth veut devenir faiseuse de casse-tête ! Amusant !

Dès que sa tante a disparu, Élisabeth s'assoit à table. Puis, avec patience et un grand sourire, elle étale les morceaux de viande dans l'assiette. Elle les déplace. Et elle réussit à reformer le filet de bœuf!

Quand elle a fini son repas, Élisabeth va rejoindre son père dans le bureau. Il vient de finir le discours que doit prononcer le premier ministre, demain. Il est content de lui. Il sourit.

— Ça, c'est du travail bien fait ! dit le papa.

que son père a disparu, ...eth renverse la poubelle. ... avec patience et un grand ...ire, elle étale les 112 mor-...ux de papier sur le tapis. Elle les ...place. Et elle réussit à reformer ...feuille !

— Oh oui ! répond Élisabeth.

— Et toi, qu'est-ce que tu feras quand tu seras grande ?

Élisabeth réfléchit un moment. Puis elle répond :

— Ben… ce que j'aime le plus faire ! Des casse-tête !

aller appren...
à la famille :
vraiment deven...
casse-tête ! Surpre...

Dès ...
Élisa...
Puis ...
sou...
ce...
dé...
la

Papa, surpris, laisse tomber sa plume. L'encre s'étend sur le papier. Une grosse tache noire recouvre les mots. Papa déchire la feuille en 112 morceaux. Il les jette dans la poubelle. Et, sa plume dégoulinante à la main, il quitte la pièce pour

—Oh oui ! répond Élisabeth.

—Et toi, qu'est-ce que tu feras quand tu seras grande ?

Élisabeth réfléchit un moment. Puis elle répond :

—Ben… ce que j'aime le plus faire ! Des casse-tête !

Papa, surpris, laisse tomber sa plume. L'encre s'étend sur le papier. Une grosse tache noire recouvre les mots. Papa déchire la feuille en 112 morceaux. Il les jette dans la poubelle. Et, sa plume dégoulinante à la main, il quitte la pièce pour aller apprendre la nouvelle à la famille : Élisabeth veut vraiment devenir faiseuse de casse-tête ! Surprenant !

Dès que son père a disparu, Élisabeth renverse la poubelle. Puis, avec patience et un grand sourire, elle étale les 112 morceaux de papier sur le tapis. Elle les déplace. Et elle réussit à reformer la feuille !

Chapitre 3

MAMAN S'INQUIÈTE, PAPY S'ÉNERVE

Vingt-deux minutes plus tard, Élisabeth file dans le grand atelier. Sa mère est en train de tailler une plaque de plastique transparent.

Ce sera la façade du palais des glaces de la princesse Tilipili.

— Ça, c'est du travail bien fait ! dit la maman.

— Oh oui ! répond Élisabeth.

— Et toi, qu'est-ce que tu feras quand tu seras grande ?

Élisabeth réfléchit un moment. Puis, elle répond :

— Ben… ce que j'aime le plus faire ! Des casse-tête !

Maman fait un faux mouvement avec sa scie sauteuse. Le plastique se fendille, craque, et tombe en 354 morceaux. Maman les pousse du pied sous la table. Et, sa scie à la main, elle quitte la pièce pour aller apprendre la nouvelle à la famille : Élizabeth veut vraiment vraiment devenir faiseuse de casse-tête ! Inquiétant !

Dès que sa mère a disparu, Élisabeth se précipite sous la table. Puis, avec patience et un large sourire, elle étale les 354 morceaux de plastique sur le plancher. Elle les déplace. Et elle réussit à reformer la plaque !

Une fois sa mission accomplie, Élisabeth va rejoindre son grand-père dehors. Il observe avec satisfaction les 649 bûches qu'il vient de débiter.

— Ça, c'est du travail bien fait ! dit le papy.

— Oh oui ! répond Élisabeth.

— Et toi, qu'est-ce que tu feras quand tu seras grande ?

Élisabeth réfléchit un moment. Puis, elle répond :

— Ben… ce que j'aime le plus faire ! Des casse-tête !

Papy s'appuie sur le tas de bois, qui s'effondre. Et, sa hache à la main, il s'engouffre dans la maison pour aller apprendre la nouvelle à la famille : Élisabeth veut vraiment vraiment vraiment devenir faiseuse de casse-tête !

Dès que son grand-père a disparu, Élisabeth s'approche du
tas de bois. Puis, avec patience
et un grand sourire, elle étale les
bûches sur le sol. Elle les déplace.
Et elle réussit à reformer le tronc
d'arbre !

LE CHOIX D'ÉLISABETH

La nuit est presque tombée quand Élisabeth rentre dans la maison.

Elle dit, en pensant fièrement à tous les casse-tête qu'elle a faits aujourd'hui :

— Ça, c'est du bon travail !

Mais ça ne semble pas être l'avis de sa famille. Papa, maman, tatie et papy regardent Élisabeth d'un air sérieux.

— Faire des casse-tête... commence son père.

—… ce n'est pas un métier, poursuit sa mère.

—Il faut penser à quelque chose… continue sa tatie.

—… de plus sérieux, ajoute son papy.

—Alors, casse-toi la tête, Élisa-beth ! terminent-ils en chœur.

Élisabeth leur sourit.

—D'accord ! dit-elle.

Et pendant des années, quand sa famille lui demandait ce qu'elle ferait quand elle serait grande, Élisabeth répondait :

—Je me casse la tête pour trouver.

Mais tout en se cassant la tête, Élisabeth a continué à faire des casse-tête. Toutes sortes de casse-tête.

Et maintenant qu'elle est devenue grande, elle continue. Elle fait les plus gros de tous les casse-tête.

C'est même devenu son métier. Un métier sérieux. Un métier que tout le monde trouve important, même sa famille. Un métier qu'elle adore.

Et il n'y a pas une journée où Élisabeth ne dit pas :

—Ça, c'est du bon travail !

FIN

ÉLISABETHOSAURUS

As-tu lu les autres livres de la collection ?

AU PAS

Casse-toi la tête, Élisabeth !
de Sonia Sarfati et Fil et Julie

**Mon frère Théo
Ma sœur Flavie**
de France Lorrain et André Rivest

Où est Tat Tsang ?
de Nathalie Ferraris et Jean Morin

Plus vite, Bruno !
de Robert Soulières et Benoît Laverdière

AU TROT

Gros ogres et petits poux
de Nadine Poirier et Philippe Germain

Le cadeau oublié
d'Angèle Delaunois et Claude Thivierge

Lustucru et le grand loup bleu
de Ben et Sampar

Po-Paul et le nid-de-poule
de Carole Jean Tremblay et Frédéric Normandin

AU GALOP

Lili Pucette fait la révolution
d'Alain Ulysse Tremblay et Rémy Simard

Prisonniers des glaces
de Paule Brière et Caroline Merola

Thomas Leduc a disparu !
d'Alain M. Bergeron et Paul Roux

Ti-Pouce et Gros-Louis
de Michel Lavigne